AF509090

EXTRAIT

DE

L'ELOGE

De feu M. l'abbé LA CROIX, obéancier de St. Just; par M. DESCHAMPS, de l'académie de Lyon.

Tiré du Journal de Lyon, du 11 octobre 1786.

EXTRAIT

DE

L'ÉLOGE

De feu M. l'abbé LA CROIX, obéancier de St. Juft; par M. DESCHAMPS, de l'académie de Lyon.

Tiré du Journal de Lyon, du 11 octobre 1786.

E N rendant compte de la féance publique de l'aca-démie de Lyon, du 28 août dernier, nous n'avons fait qu'indiquer l'éloge de M. l'abbé La Croix, parce que nous efpérions que les invitations de l'académie & celles des amis de l'auteur, l'engageroient à le faire imprimer. Rien n'ayant pu vaincre fa modeftie, nous allons ufer de la permiffion qui nous avoit été donnée, de faire connoître cet éloge que beaucoup de circonftances & de rapports rendent intéreffant pour notre ville. Nous donnerons à cet extrait plus.

d'étendue, nous conserverons les expressions de l'auteur avec plus de soin pour dédommager nos lecteurs, autant qu'il est en nous, de ce que l'ouvrage ne sera pas imprimé en entier. Forcés par les bornes de ce Journal, de faire quelques retranchemens, nous ne les faisons qu'à regret; nous sentons ce que l'ouvrage y perd, & personne n'étoit plus persuadé que nous, qu'il n'en falloit pas retrancher une ligne.

————————

« Antoine La Croix naquit à Lyon en 1708,
» & fut le troisieme enfant de messire Jean - Pierre
» La Croix, trésorier de France au bureau des finances
» de cette généralité, & de dame Marie Pasquier ».
Il commença ses études à Lyon. « Après sa rhéto-
» rique ses parens l'envoyerent à Paris ou il fit sa
» philosophie au college de la Marche. Destiné à
» l'état ecclésiastique, il passa dans la maison de Na-
» varre à laquelle il fut aggrégé, & y étudia la
» théologie.

» Pendant le cours de sa licence, il perdit son pere.
» M. La Croix de Laval, son frere ainé, déja revêtu
» d'un office de conseiller en la cour des monnoies ;
» ne pouvoit posséder la charge de trésorier de France,
» qui se trouvoit dans la succession paternelle. M.
» l'abbé La Croix l'accepta, & s'en fit pourvoir en 1732.

» Déja se manifestoit en lui le desir de tenir à tout,
» pour être utile par-tout. Il n'a jamais cru que le
» sacerdoce le dispensât d'aucun des services qu'il

» pouvoit rendre à sa patrie, & fon caractere dif-
» tinctif fut de favoir être à la fois prêtre & citoyen
» dans la véritable acception de ces deux titres.

» Il revînt à Lyon en 1734, après avoir reçu le
» bonnet de docteur. Il poffédoit depuis plufieurs années
» le prieuré de la Ferté-Macé en Normandie. Léonard
» La Croix fon oncle, abbé de St. Julien de Tours,
» l'avoit nommé à ce bénéfice qui dépendoit alors
» de fon abbaye. Cet oncle, prédicateur du roi, offi-
» cial métropolitain & chef du chapitre de St. Juft,
» étoit homme d'un vrai mérite. Il avoit apprécié les
» qualités de fon neveu, & fe hâta de les récompenfer
» en lui réfignant fa dignité de grand obéancier de
» St. Juft, le premier février 1734. Sa mort fuivit
» de près... Ainfi, à l'âge de 26 ans, M. l'abbé La
» Croix tenant à l'adminiftration civile comme tré-
» forier de France, fe trouvoit comme eccléfiaftique
» à la tête de la premiere collégiale de ce diocefe,
» & en cette qualité orateur du clergé de cette ville.

» Ce n'étoient là que des faveurs de la fortune,
» dues au hafard de la naiffance & des circonftances,
» & s'il ne les eût juftifiées, elles n'entreroient point
« dans fon éloge.

» Né avec le goût des arts, M. l'abbé La Croix
» n'avoit pu jufqu'alors que les aimer; il leur con-
» facra les premiers inftans de fa liberté, & réfolut
» d'aller vifiter leur berceau en Italie ». Il partit vers
la fin de 1734, avec MM. Dattignat, Verdun &
Geneve, fes compatriotes & fes amis. Beaucoup de
voyageurs ne rapportent de cette contrée fameufe

» que des idées incertaines, des souvenirs confus,
» des préjugés plutôt que des jugemens : M. l'abbé
» La Croix, pour assurer son goût, se lia avec des
» artistes. Le plus habile sculpteur qui fût alors à
» Rome, étoit Michel-Ange Slodtz ; l'éleve en archi-
» tecture, qui donnoit de plus grandes espérances,
» étoit le jeune Soufflot. M. l'abbé la Croix s'attacha
» au premier par admiration, au second par pressen-
» timent ».

Dans l'attelier de Slodtz, se distinguoient deux chefs-
d'œuvre, l'un étoit un superbe grouppe de Diane &
Endymion que M. Dattignat acheta ; l'autre, un buste
de Chrysès, grand prêtre d'Apollon, « morceau d'une
» exécution sublime, dans lequel on reconnoît, on
» sent l'inspiration du Dieu dont Chrysès étoit le
» ministre ; cette tête auguste & vénérable, étoit digne
» de rendre des oracles, & d'y faire croire.

» M. l'abbé La Croix ne se contenta pas d'acquérir
» ce morceau, il obtint de l'artiste un buste égal
» au premier, avec lequel il forme le plus heureux
» contraste : c'est une prêtresse de Diane, tête ad-
» mirable par la pureté du style, par sa simplicité
» noble, sa tranquillité profonde, qui rendent d'une
» maniere si touchante l'innocence & le recueille-
» ment : genre non moins savant, plus aimable, &
» qui exige plus de perfection encore que le mouve-
» ment & l'expression des grandes passions.

» Si j'insiste avec complaisance sur le mérite de
» ces deux bustes, ajoute M. Deschamps, c'est pour
» ne pas laisser ignorer à nos concitoyens la recon-

(7)

„ noiſſance qu'ils doivent à M. l'abbé La Croix, qui
„ les leur a légués pour être un jour expoſés à per-
„ pétuité dans la bibliotheque publique de l'académie.

„ Les beautés de l'art ne firent point négliger à
„ notre voyageur l'obſervation des grands effets de
„ la nature qui ſe montre quelquefois ſi terrible en
„ Italie ; c'eſt ſur les cendres ardentes du Véſuve
„ qu'il médita les eauſes des volcans & des trem-
„ blemens de terre, & qu'il ſe forma ſur ees com-
„ binaiſons locales du globe un ſyſtême qu'il déve-
„ loppa quelques années après dans deux mémoires
„ que conſerve l'académie. ....

„ Après dix mois d'un voyage dont aucun jour
„ n'avoit été perdu pour l'inſtruction, il revint dans
„ ſa patrie, y rapportant un goût éclairé, l'idée des
„ grandes choſes, le deſir conſtant de voir ſe per-
„ fectionner les arts qui diſtinguent ſes concitoyens,
„ & le projet d'y contribuer.

„ Ce voyage en exerçant ſes facultés, fortifia ſa
„ conſtitution phyſique ; né délicat, avec un ſang
„ très-âcre, il avoit vécu juſqu'à cette époque au
„ milieu des précautions, des privations & des re-
„ medes ; lorſqu'il partit, le mauvais état de ſa ſanté
„ alarmoit ſa famille, intérêt qui lui eût été funeſte,
„ s'il l'eût détourné d'un voyage qui le rétablit en-
„ tiérement ".

.... " Deux compagnies ſavantes ſe partageoient
„ alors dans cette ville le vaſte domaine des lettres,
„ des ſciences & des arts ; rivales ſans être jalouſes,
„ la ſociété des beaux arts s'occupoit davantage des

» sciences exactes , & l'académie des belles - lettres
» cultivoit les fruits brillans de l'imagination & du
» goût : toutes deux ouvrirent presqu'à la fois leurs
» portes à M. l'abbé La Croix , l'une en 1738,
» l'autre en 1739 ; aussi lors de leur réunion en 1758,
» ne fût-il étranger à aucune : il parloit le langage
» de toutes deux.

» A la société des arts il avoit lu des dissertations
» sur les volcans, sur les tremblemens de terre, sur
» le mélange des couleurs dans la peinture, & à
» l'académie des belles-lettres, des observations sur
» les progrès de la langue françoise dans les cours
» étrangeres. . . .

» M. de Voltaire avoit écrit qu'un des plus grands
» services que l'académie françoise pût rendre à notre
» langue, seroit d'épurer les bons ouvrages du siecle
» de Louis XIV des mots & des tournures suran-
» nées qui se rencontrent dans plusieurs. M. l'abbé
» La Croix essaya de suivre ce conseil pour des auteurs
» plus anciens ; il fit cette tentative sur quelques cha-
» pitres de la sagesse de Charron : il ne continua
» pas , & s'apperçut bientôt que si quelques mots
» blessent dans Corneille, dans La Fontaine, dans
» Moliere, c'est qu'ils font à l'oreille le même effet
» que produiroit à l'œil le mélange d'un costume
» ancien & oublié, avec la parure du moment ; mais
» Charron, Montagne, Amyot, vêtus tout entiers
» comme au temps de Henri IV, ont un air de
» courtoisie & de virilité qu'il importe de leur con-
» server ».

M. l'abbé La Croix avoit fait des recherches affez curieufes fur cette chauffure connue en France dans le quinzieme fiecle, fous le nom de fouliers à la Poulaine. « Le deffein de cacher une difformité par » une bizarrerie, en donna, dit-on, l'idée à Foul- » ques IV, comte d'Anjou ; mais ce qui eft inté- » reffant dans l'hiftoire de l'efprit humain, c'eft de » voir l'empire & le facerdoce s'occuper férieufement » d'une mode ridicule. Charles V l'attaqua par des » ordonnances, l'églife en corps par des canons, les » papes, les évêques, les chefs d'ordre par des décrets » & des ftatuts. On ne fait plus de laquelle des deux » folies on doit s'étonner davantage, de celle qui » imagina d'embarraffer des pieds humains par une » chauffure terminée en longues pointes recourbées » qui s'élevoient jufqu'au genou, ou de celle qui arma » l'autorité civile & religieufe, contre une mode que » le caprice & l'incommodité auroient plus fûrement » & plutôt fait abandonner.

» Une des meilleures differtations de M. l'abbé » La Croix a pour objet des recherches fur les » parfums : dans tous les cultes la piété les fit brûler » pour les dieux ; dans tous les temps la médecine » les adopta comme préfervatifs ; le luxe les a per- » fectionnés pour la volupté, & la beauté jaloufe de » féduire tous les fens, s'en eft emparée & en abufe » quelquefois ». Ce difcours fut lu dans la féance publique du mois de décembre 1744, en préfence de M. de Voltaire.

Dans le nombre des tributs offerts à l'académie par

M. l'abbé La Croix, M. Deschamps remarque encore deux discours, l'un sur l'égalité d'esprit, l'autre sur l'esprit liant, deux caractères très-distincts : « c'est de » la nature qu'on reçoit un esprit égal, c'est celui du » sage ; c'est dans la société qu'on prend un esprit » liant, c'est celui de l'homme du monde ».

M. l'abbé La Croix avoit fait une dissertation contre l'usage d'introduire les jeunes gens de bonne heure dans la société. « On lui demanda ce qu'il en feroit » jusqu'à vingt-cinq ans : il répondit à cette question » en traçant un plan d'éducation patriotique qui avoit » quelque chose de la vigueur des institutions an- » ciennes, de celle des Egyptiens au temps de Sésostris, » des Perses sous Cyrus, & de Lacédemone.

» Il vouloit que l'éducation devînt un des grands soins » du gouvernement, & que ce département fût celui » d'un ministre particulier ; il éloignoit les enfans de » la contagion des grandes villes & de la foiblesse » de leurs parens ; chaque maître ne pouvoit avoir » plus de sept éleves, & ne devoit enseigner qu'une » seule science : ainsi, pour parcourir le cercle des » connoissances qu'on auroit voulu lui donner, un » jeune homme auroit passé dans des lieux & sous » des maîtres différens ; cette multitude d'institutions » particulieres dispersées dans les campagnes, auroit » répondu à des bureaux d'administration placés dans » les capitales des provinces, & ces bureaux auroient » décidé de la capacité de chaque éleve, du genre » d'étude, & de l'état qui lui convenoient. On con- » çoit que dans ce plan de M. l'abbé La Croix,

» moins de jeunes gens auroient perdu leur temps,
» moins d'hommes faits fe feroient trouvés déplacés.

» En fe livrant à des réflexions fur les talens fupé-
» rieurs, il avoit cru remarquer que la vie de prefque
» tous les hommes célebres, a été tachée par le
» reproche de quelque vice. Eft-ce la jaloufie qui ne
» pouvant fupporter leur gloire, a voulu les flétrir &
» les a calomniés? Ou feroit-il dans l'ordre effentiel
» de la nature qu'elle ne pût réunir dans un être
» mortel la fublimité de l'intelligence à celle des
» vertus?

» Idée affligeante, fi elle étoit vraie ! Pour la re-
» pouffer loin de nous, je prononcerai vos noms :
» Catinat, Fénélon, Montaufier ; vous dont au milieu
» des écueils de la gloire, des grandeurs & de la
» cour, le génie fe conferva fi bien avec toutes les
» vertus.

» Depuis 1764 jufqu'en 1775, M. l'abbé La Croix
» préfenta chaque année à l'académie, des obferva-
» tions météorologiques & des calculs fur les naif-
» fances & les morts dans cette ville ; ... les fpé-
» culations de la politique de la finance fur la durée
» de la vie humaine, ont donné affez d'importance
» à ces fortes de recherches pour que les Buffon,
» les Parcieux & d'autres hommes célebres n'aient pas
» dédaigné de s'en occuper.

» Ces tables qui ont été imprimées, donnerent à
» M. l'abbé La Croix l'idée d'une efpece de tontine
» qu'il croyoit propre à liquider nos hôpitaux ; il
» propofoit de dépofer dans ces maifons une fomme

» de mille livres le jour de la naiſſance d'un enfant ;
» ce dépôt ne portoit aucun intérêt pendant vingt
» ans , & appartenoit à l'hôpital ſi l'enfant mou-
» roit avant d'avoir cet âge , mais une fois qu'il
» l'auroit atteint, il devoit recevoir chaque année &
» pendant ſa vie , une rente de mille livres égale au
» capital donné ; d'après ces calculs toutes les pro-
» habilités devoient faire eſpérer un bénéfice conſi-
» dérable aux emprunteurs (*).

» Le dernier ouvrage que M. l'abbé La Croix ait
» conſacré à l'académie dont il avoit été quatre fois
» directeur , fut une diſſertation ſous le titre d'eſſai
» ſur la valeur des bleds à Lyon , & le rapport de
» cette valeur à celle d'un marc d'argent fin mon-
» noyé , pendant le cours de deux ſiecles & demi
» depuis 1529 juſqu'en 1775. Ces recherches qui
» devoient être conſidérables & qui tenoient néceſ-
» ſairement à l'hiſtoire des gouvernemens & du com-
» merce , n'ont point été achevées,

» Le ſtyle de M. l'abbé La Croix dans ces diffé-
» rens ouvrages eſt clair , correct , méthodique ; c'eſt
» le ſtyle de la raiſon : celui des cœurs paſſionnés &

(*) En rédigeant cet extrait , nous n'avons point ſous les
yeux les calculs de M. l'abbé La Croix , mais nous doutons de
leur exactitude , parce qu'il eſt conſtant , d'après toutes les tables
connues de mortalité , que pour un capital de 1000 liv. dépoſé
le jour de la naiſſance d'un enfant , on pourroit à peine lui
donner , à l'âge de 20 ans , 400 liv. de rente , & que ce n'eſt
qu'à 35 ans qu'on pourroit lui donner une rente égale au premier
capital dépoſé.

» des têtes ardentes a plus d'effor & de mouve-
» ment ».

Ici finiroit l'éloge de M. l'abbé La Croix, fi on
n'avoit à rappeller que fes travaux académiques; mais
M. Defchamps fe félicite d'avoir encore à le confi-
dérer comme homme d'églife, comme patriote &
comme homme privé.

« Un caractere de fageffe dans les idées, de tolé-
» rance dans les opinions, d'application à l'étude, de
» décence dans les mœurs, mérita de bonne heure à
» M. l'abbé La Croix toutes les diftinctions eccléfiaf-
» tiques qui exigent de la prudence, du favoir & de
» la repréfentation.

» M. le cardinal de Tencin le nomma vicaire
» général en 1747 ; ce titre qu'on regarde affez com-
» munément comme une fimple décoration, impofe
» cependant des devoirs auffi effentiels que multi-
» pliés : une exacte affiftance dans les confeils où fe
» difcutent les affaires les plus épineufes d'un dio-
» cefe, une correfpondance très-étendue avec MM.
» les curés, qui toujours ayant pour objet leurs droits,
» leurs intérêts ou leurs doutes en matiere de doc-
» trine, de difcipline ou de morale, exige une appli-
» cation continuelle des principes du droit cano-
» nique, du droit civil & de la théologie ; de fré-
» quentes vifites dans les paroiffes de campagne où
» il faut apporter l'efprit d'obfervation qui voit tout,
» celui d'ordre qui ramene tout à la regle, celui
» de juftice qui honore & diftingue le mérite, celui
» de fermeté qui réprime les abus ou les fcandales,

» & sur-tout l'esprit de charité qui console, qui en-
» courage & qui pardonne tout au repentir : tels
» furent les devoirs dont s'acquitta pendant trente-
» quatre ans M. l'abbé La Croix.

» En 1753 il fut nommé official métropolitain ,
» & vers la fin de sa vie, official primatial ; les plus
» grands intérêts se discutent dans ce tribunal ecclé-
» siastique ; ce sont ceux de la liberté : c'est là qu'au
» nom de la religion qui n'agrée que des victimes
» volontaires , sont brisés les fers de ceux qui ré-
» clament contre la contrainte qui les jetta dans les
» cloîtres. Là sont portées les questions sur la vali-
» dité des mariages , & toutes celles qui concernent
» la discipline ecclésiastique ; M. l'abbé La Croix pré-
» sidant ce tribunal, écoutoit avec patience, exami-
» noit avec scrupule & prononçoit avec sagesse.

» Il reçut de la part du clergé une marque de
» confiance d'autant plus honorable que les temps
» étoient plus orageux : il fut député du second ordre
» à l'assemblée de 1755 ; elle fut célebre par les
» questions qui s'y agiterent ; il s'agissoit alors du
» refus des sacremens & des billets de confession ; les
» opinions des prélats de France n'étoient pas à-beau-
» coup-près uniformes ; M. le cardinal de la Roche-
» foucault qui présidoit cette assemblée desiroit la
» paix : il trouva dans M. l'abbé La Croix qui lui
» étoit déja connu, le même caractere de modération ,
» & il l'employa utilement pour ramener quelques
» esprits au parti qui prévalut.

» Pendant le cours de cette assemblée, M. de la

» Rochefoucault partagea avec M. l'abbé La Croix
» tous les inftans dont fes fonctions lui permettoient
» de difpofer ; l'eftime & la confiance établirent entre
» eux une efpece d'égalité. Ce prélat avoit la feuille
» des bénéfices : à la vacance de l'évêché de Senez ,
» il dit publiquement à l'abbé La Croix : *Je vous*
» *réferve pour un meilleur fiege.* La mort prématurée
» de ce cardinal rendit fa bienveillance inutile. M.
» l'abbé La Croix , quoiqu'il dût en attendre beau-
» coup, regretta davantage fon amitié que fa faveur.
» Au milieu de fes occupations publiques , il ne
» négligea point les intérêts du chapitre de St. Juft
» dont il étoit le chef. Lorfqu'il parvint à la tête
» de cette compagnie, il la trouva compofée de vingt-
» cinq chanoines & de quatre dignitaires : les biens
» du chapitre étoient infuffifans pour en faire fub-
» fifter les membres avec décence ; les derniers cha-
» noines fur-tout n'étoient pas à l'abri des befoins.
» M. l'abbé La Croix obtint en 1744, des lettres-
» patentes qui éteignirent deux dignités & fept pré-
» bendes canoniales , & en faifant une répartition
» plus jufte & mieux entendue des revenus, il pro-
» cura à tous une aifance honorable, & ce qui doit
» être remarqué , en travaillant pour fes confreres, il
» ne fit rien pour fa dignité de grand obéancier.
» Mais il rendit à cette compagnie un bien plus grand
» fervice que celui de réparer fes finances : pendant
» près d'un demi-fiecle, il y maintint l'union, il fit
» régner la paix , & c'eft là le bienfait qui doit y
» rendre fa mémoire éternellement précieufe ».

Confidéré foüs fes rapports avec la chofe publique,
M. l'abbé La Croix fut pendant quatre années l'un
des adminiftrateurs de l'hôpital général de la charité,
en fa qualité de tréforier de France. Depuis l'établiffement du bureau des colleges, il fut conftamment
fondé de la procuration de M. l'archevêque, pour
y affifter en fon abfence. « Plufieurs fois il fut
» député du clergé, & le repréfenta comme notable
» aux affemblées municipales ; fa voix dans ces con-
» feils de la patrie, avoit d'autant plus de poids qu'il
» n'y apportoit ni paffion, ni intérêt perfonnel ».
La fociété royale d'agriculture fe l'etoit auffi affocié.
« Il honoroit du fond du cœur ce premier des arts,
» il aimoit à faire des effais, & il en avoit tenté fur
» la garance & le houblon, dont il eût voulu enrichir
» nos provinces.

» Mais en 1756 il réalifa un projet plus utile à
» cette ville, & qui flattoit à la fois fes deux goûts
» dominans, l'amour des arts & celui de fa patrie :
» il fonda une école publique & gratuite pour le
» deffin.

» Il avoit fenti que pour maintenir la profpérité
» de nos manufactures, il ne fuffit pas de l'induftrie
» qui imagine, de l'infatigable activité qui exécute,
» du génie particulier d'un peuple doux, fobre, pa-
» tient, qui opere des prodiges comme par inftinct,
» qui femble n'avoir d'idées & d'organes que pour
» les appliquer à fon art, & qui ne demande que
» du pain & du travail ; fi c'eft à ces qualités que
» nous devons en ce moment, de foutenir une con-

» currence pénible avec d'autres villes ou d'autres na-
» tions , ce ne font point elles qui rendoient alors
» tous les peuples tributaires de notre induftrie, &
» qui les rameneront exclufivement à nous , lorfqu'un
» luxe plus noble aura reparu dans les cours. C'eft
» le goût qui doit diftinguer les productions de nos
» manufactures. Ce n'eft point affez pour elles de vêtir
» l'Europe , elles doivent la parer. Emules de la
» nature, créer & varier comme elle , & lui reffem-
» bler toujours , voilà ce qui doit exciter, fatisfaire
» & faire renaître fans ceffe les defirs & les befoins
» de nos voifins & de nos rivaux.

» L'art du deffin, qui apprend à opérer ces pro-
» diges , n'avoit point encore à Lyon d'enfeignement
» public : quelques maîtres feulement y donnoient
» des leçons particulieres à un petit nombre d'éleves
» que l'opulence confioit à leurs foins ; mais l'indi-
» gence , née fouvent avec tant de talent, ne pouvoit
» efpérer de cultiver celui du deffin fans une école
» gratuite.

» M. l'abbé La Croix trouva dans quelques _ uns
» de fes concitoyens, un zele égal au fien , & il
» fonda une école avec MM. Menard, Moignat ,
» Parent, Geneve, Soubry, Monteffui, Gras, Flachon
» & La Cour; MM. Perrache, Nonotte , Frontier
» & Willonne s'emprefferent de feconder des vues auffi
» patriotiques... Le but principal de M. l'abbé La Croix
» & de fes coopérateurs dans cet établiffement étoit
» bien la perfection de nos manufactures, mais leurs
» vues avoient encore plus d'étendue ; ils ne défefpé-

» roient point de voir fortir de cette école quelques-
» uns de ces génies étonnans qui, une fois avertis
» de leur talent, marchent rapidement à la gloire.
» Cette efpérance n'a point été trompée, & dans
» Rome, dans la ville des arts, au Capitole, dans le
» lieu où font placés les chefs-d'œuvre des Praxiteles
» & des Phidius, un de nos concitoyens vient d'être
» couronné, & les Couftoux, & les Coyzevox auront
» dans M. Chinard un fucceffeur qui, comme eux,
» a pris naiffance dans nos murs.

» L'orfévrerie, la boffeterie, la ferrurerie, l'ébé-
» nifterie, la fculpture, les ornements, la menuiferie,
» tous les arts, en un mot, où il faut des principes de
» deffin, eurent part au bienfait de M. l'abbé La
» Croix ».

Cet établiffement fubfiftoit depuis douze ans, lorfqu'en 1763 il fut détruit par un incendie. « Cet évé-
» nement ne découragea point M. l'abbé La Croix, il
» redoubla d'ardeur pour recréer fon ouvrage, & par
» fes follicitations auprès des miniftres, il obtint en
» 1770 un afile pour cet établiffement dans l'hôtel
» commun, où il profpere fous les yeux du confulat
» & par le zele des premiers citoyens dont le goût
» éclairé y maintient l'émulation. C'eft de là, ofons-
» le préfager, que fortiront des artiftes qui, employant
» à embellir nos tiffus, les inépuifables reffources du
» goût, hâteront le moment qui doit rendre à notre
» induftrie fon exclufive célébrité.

» L'amour que M. l'abbé La Croix avoit pour les
» arts, ne fut pas inutile, même à des artiftes céle-

» bres ; il procura à M. Souflot la premiere occasion
» de faire ufage de fes rares talents, qui devoient lui
» mériter un jour la gloire d'élever dans la capitale
» le temple de la nation ; il l'arrêta à Lyon à fon re-
» tour d'Italie, & l'engagea à diriger un hôtel que M.
» La Croix de Laval, fon frere, fit élever fur le ram-
» part, l'une des conftructions particulieres des mieux
» entendues de cette ville. M. Souflot une fois connu,
» éleva notre grand monument de l'Hôtel - Dieu &
» notre falle des fpectacles, long-temps la premiere
» du royaume.

» Ce fut auffi M. l'abbé La Croix qui engagea Slodtz
» à quitter Rome, où il avoit travaillé jufqu'alors ;
» c'étoit une conquête pour la France : elle n'en
» jouit pas long-temps : Slodtz vint à Lyon ; il y
» donna à M. La Croix un témoignage de fa recon-
» noiffance en décorant dans fa maifon de campagne
» une chapelle éclairée à l'italienne, où dans un très-petit
» vaiffeau il réunit la nobleffe à l'élégance, & im-
» prima le caractere d'un grand maître.

» Il eft des hommes qui faifant tout pour la patrie,
» pour les devoirs de leur état, pour les arts, pour
» leurs goûts particuliers, fe rendent en quelque forte
» étrangers à leur propre famille ; tout ce qui les met
» en repréfentation, les trouve empreffés, nobles, géné-
» reux, magnanimes : mais leurs vertus que le public
» admire, ne les accompagnent pas toujours jufques
» dans leurs foyers. Caton même ne fut point exempt
» de ce reproche ; M. l'abbé La Croix fût loin de le
» mériter. Parent tendre & fidele, tout ce qui lui

» tenoit par ce titre , pouvoit folliciter fes démarches ,
» avoit droit à fes confeils , & trouvoit ces fignes de
» bienveillance qui font déja un bienfait. Il fut toute
» fa vie le lien de fa famille , & il en devint en quel-
» que forte le pere. En 1764 , il perdit M. La Croix de
» Laval, fon frere , qui laiſſoit deux fils encore fort
» jeunes & une fortune difficile à régir; il accepta fans
» balancer la tutele de fes neveux , adminiſtra leurs
» biens avec une fage économie , & s'occupa encore
» davantage de perfectionner leur éducation: il en fit des
» hommes dignes de lui , & j'oferois les louer ici , fi
» je leur tenois de moins près par l'amitié & par le
» fang.

» Lorſque le plus jeune de fes neveux , déja depuis
» long - temps chanoine du chapitre de S. Juſt , eut
» terminé fes études en Sorbonne, M. l'abbé La Croix
» fans en avoir communiqué le deſſein , fans mettre
» aucune oſtentation à fon projet , & comme s'il eût
» fait un acte fort ordinaire , fe dépouilla en fa fa-
» veur de la dignité de grand obéancier , & ce qui
» eſt peut-être unique , fans uſer jamais de cette eſpece
» d'empire que femble donner un grand bienfait ;
» il fembloit vouloir le faire oublier même à fon ne-
» veu , par une affection plus tendre , par une égalité
» plus parfaite.

» Ami conſtant & fincere , l'éloignement, le temps,
» la diſtraction des affaires n'affoiblirent point les
» attachements qu'il avoit formés dans fa jeuneſſe : fes
» amis les plus anciens & les plus chers furent M. de
» Grimaldi évêque de Rodez , M. Tinſeau évêque

» de Nevers, deux prélats dont l'églife de France ho-
» nore la mémoire, & M. de Chavannes, doyen actuel
» du parlement de Paris, magiftrat dont le nom rap-
» pelle toutes les lumieres & toutes les vertus.

» Bon maître, il étoit entouré de ferviteurs an-
» ciens, dont il étoit aimé, & qui donnent encore à
» fa cendre des regrets & des larmes.

» Dans l'intérieur de fa maifon tout annonçoit l'or-
» dre, le favoir & le goût, & je ne fais quel ca-
» ractere de mœurs antiques & nobles; lorfqu'on fe
» rappelle tous les rapports qui le lioient à la chofe
» publique, chef de fon chapitre, vicaire-général, offi-
» cial métropolitain, tréforier de France, notable, mem-
» bre de l'adminiftration des colleges, de l'école de
» deffin, du bureau d'agriculture, & de cette acadé-
» mie, on a peine à concevoir comment il pouvoit
» remplir tant de devoirs. Cependant il n'en négli-
» geoit aucun : il agiffoit avec promptitude, exacti-
» tude, & agiffoit toujours, fans avoir jamais l'air de
» l'inquiétude ou de l'embarras ; fes idées étoient net-
» tes, fon temps diftribué prefque à la minute ; il
» avoit accoutumé jufqu'à fes gens à cette ponctualité
» fcrupuleufe, qui feule donne le moyen de faire beau-
» coup de chofes ».

En parlant de la bibliotheque & du cabinet de M.
l'abbé La Croix, M. Defchamps n'oublie point le pré-
cieux modele d'un tombeau que le célebre Legros avoit
fait à Rome pour le maréchal de Turenne. « M. le
» cardinal de Bouillon avoit deftiné ce grand monu-
» ment pour l'immenfe églife de Cluny, dont il étoit

» abbé : on fait la difgrace de ce prélat. Louis qua-
» torze défendit d'élever le maufolée ; un des ancêtres
» de M. de Seve eut ordre d'aller à Cluny pofer les
» fcellés fur les caiffes qui en renfermoient les diffé-
» rentes parties , & depuis ce tems elles font enfe-
» velies dans des fouterrains. Pour donner l'intelli-
» gence de fon ouvrage aux ouvriers qui devoient l'af-
» fembler, Legros en avoit envoyé un modele exact
» en relief. Après l'ordre du roi, les religieux de Cluny
» regarderent fans doute ce modele comme inutile :
» ils le donnerent à M. de Seve , qui par fon tefta-
» ment le légua à M. l'abbé La Croix ».

» Aimable fans affectation , d'une gaieté douce &
» polie, tolérant par principes , indulgent par carac-
» tere , acceffible à tout le monde , M. l'abbé La
» Croix accueilloit fur-tout les jeunes gens en qui
» il devinoit quelque germe de talens ; il les encou-
» rageoit , leur infpiroit de l'émulation & a été le
» Mécene de plufieurs. »

Au printems de chaque année il fe retiroit pendant
deux mois dans une maifon de campagne qu'il avoit
aux portes de Saint-Juft ; il fe plaifoit à y réunir
fucceffivement fa famille , fes confreres dans les
différens rapports qu'il avoit avec le clergé ou avec
les adminiftrations, fes amis nombreux , les premieres
dignités de tous les ordres , les étrangers diftingués ,
les gens de lettres & les artiftes qui fe trouvoient
alors à Lyon. " Il favoit prendre avec chacun le
" ton qui devoit lui plaire , art qui eft affez rare-

„ ment celui des hommes , même de ceux qui ont
„ vécu dans le plus grand monde.

„ La paix dont jouiſſoit M. l'abbé la Ctoix fut
„ troublée en 1775 , par ſa nomination à l'abbaye
„ de Saint-Rambert en Bugey. Ce bénéfice qui devoit
„ être la récompenſe des travaux de ſa longue car-
„ riere devint la ſource de ſes ennuis ; il en eut à
„ peine pris poſſeſſion , qu'il fut juſtement allarmé de
„ l'immenſité des dégradations qu'avoient négligé
„ ſes prédéceſſeurs , dont les ſucceſſions ſe trou-
„ voient inſolvables : ce poids retombant tout entier
„ ſur lui , portoit à ſa fortune perſonnelle une
„ atteinte conſidérable. Aſſez d'autres auroient joui
„ ſans s'occuper de leurs héritiers : M. l'abbé la
„ Croix regardoit comme un devoir dé tranſmettre
„ à ſes neveux les biens qu'il avoit reçus de ſa fa-
„ mille , & il ne les voyoit pas ſans inquiétude
„ ſoumis à des repriſes allarmantes , pour une abbaye
„ dont il n'avoit été pourvu que vers la fin de ſa
„ carriere. Il fit de vains efforts pour obtenir , avec
„ les économats , quelques arrangements plus favo-
„ rables. En 1781 , on le flatta de l'eſpoir d'y par-
„ venir ; il alla à Paris pour hâter le ſuccès d'une
„ demande auſſi juſte ; en y arrivant il tomba ma-
„ lade , & mourut peu de jours après dans les bras
„ de ſon neveu , de ſon ſucceſſeur , de ſon ami ;
„ il étoit âgé de ſoixante & treize ans.

„ Ses dernieres diſpoſitions ſont l'image de ſa vie:
„ les pauvres , les hôpitaux , ſes domeſtiques y ſont
„ rappellés ; il laiſſe une ſomme , non pour être

„ manuellement diftribuée, mais voulant opérer un
„ bien plus durable, il la deftine à payer des appren-
„ tiffages ; tous fes parens y trouvent une marque
„ honorable de fon eftime & de fon amitié. J'ai dit
„ le legs qu'il y fait au public & à l'académie.

„ En recueillant les traits qui compofent cet éloge
„ qui n'a de mérite que la vérité, j'ai fouhaité à
„ l'églife des miniftres dont le caractere foit auffi
„ propre que celui de M. l'abbé la Croix à faire
„ aimer la religion, à la patrie beaucoup de citoyens
„ qui la fervent avec un zele auffi pur, à toutes
„ les adminiftrations des coopérateurs auffi éclairés,
„ à toutes les compagnies des membres auffi modé-
„ rés dans leurs opinions & dans leur conduite, à
„ toutes les familles un parent auffi tendre, aux
„ beaux arts des amateurs qui en encouragent auffi
„ utilement les progrès & qui les aiment par goût
„ plus que par fafte. Celui dont le fouvenir fait
„ former de pareils vœux, méritoit fans doute qu'un
„ plus brillant pinceau vous préfentât fon image. „

Ce difcours écrit avec nobleffe & avec élégance,
a fur-tout le premier mérite de ce genre d'ouvrage:
M. l'abbé la Croix, y eft bien peint ; il eft loué comme
il méritoit de l'être, & les derniers mots font la feule
chofe fur laquelle il ne nous foit pas poffible d'être
de l'avis de l'auteur.